세상 모든 먼산이들을 위한

나의 방 찾기

세상 모든 먼산이들을 위한

나의 방 찾기

오조 글·그림

나는 느리고 약한 먼산이

마리북스

차례

I. 그동안 고마웠어, 나의 방

Ⅱ. 바다로 나아가는 먼산이

프롤로그

나는 누구보다 작게 태어났어요.

생긴 모습도 그렇게 예쁘진 않아요.

사람들이 말하길, 내가 다른 사람들보다

조금 느리고 약하대요.

엄마는 이야기했어요,

나는 특별하다고.

"너의 작고 귀여운 눈은 항상 생각에 잠긴 듯

먼 산을 바라보며 여행하는 것 같아."

그래서 엄마는 내 이름을

'먼산이'라고 지었어요.

나는 세상 밖이 궁금해서 매일 창밖을 내다봤어요.

엄마는 이런 나를 보며 말했어요.

"아직 세상은 너에게 위험한 곳이란다."

그렇지만 준비가 되면 언제든

세상 밖으로 나가도 된다고 했어요.

프롤로그

창가에 내려앉은 빛줄기.

창문 밖에서 불어오는 바람.

저 멀리 들려오는 희미한 소리.

매일 이 작은 방 안에서 세상이 어떤 모습일지 상상해요.

언젠가 나도 바깥으로 나갈 수 있겠지요?

"먼산아, 이리 와 보렴. 선물이 있단다."

"짠, 우리 먼산이 멋진데?

이제 먼산이가 세상 밖으로 나갈 때가 됐어.

네가 어디를 가든 이 모자가 수호신이 되어

너를 꼭 지켜 줄 거야."

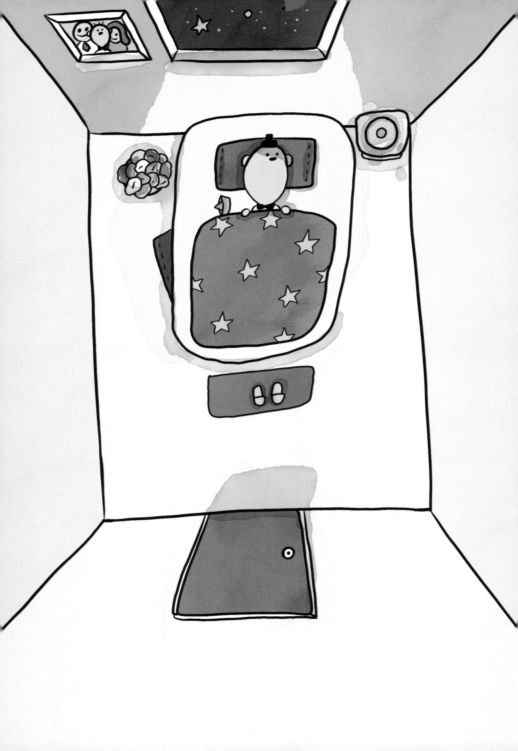

그날 밤, 나는 엄마가 주신 멋진 모자를

벗을 수가 없었어요. 모자를 쓰고 잠자리에 들었더니

방이 더욱 따듯하고 포근하게 느껴졌어요.

달빛도 별빛도 방 안을 무섭지 않게 비춰 주었어요.

I. 그동안 고마웠어,
나의 방

"먼산아! 먼산아!

더 넓은 세상이 보고 싶지 않아?

세상 밖으로 지금 떠나자!"

꿈일까요?

어디선가 낯선 목소리가 나를 불렀어요.

매일매일 상상하던 세상 밖의 모습.

하지만 막상 나가려니 겁이 났어요.

이 아늑함과 편안함, 방에서 눈을 감고 있으면

따듯한 온기가 온몸을 감싸 줘요.

'내 방에서 세상을 상상하는 것도 나름 재미있어!'

쑥- 쑥-

'이게 무슨 소리지?

이곳이 원래 이렇게 작았나?'

한 번도 비좁다고 느낀 적 없던 방이

점점 답답하게 느껴졌어요.

'아, 숨 막혀.

이대로는 안 되겠어!'

나는 이리저리 몸을 움직였어요.

Ⅰ. 그동안 고마웠어, 나의 방

'어? 이게 어떻게 된 거야?'

내 몸이 갑자기 커져서

내 방이 부서졌어요.

다시 보니 방이 이렇게 작았군요.

처음으로 발을 내디딘 넓은 세상,

모든 것이 낯설고 어색했어요.

늘 기다리던 순간인데 왜 겁이 날까요.

다시 나의 방으로 들어가고 싶었어요.

하지만 그 자리에는 산산조각 난

방의 잔해들만 남아 있을 뿐이었어요.

새로운 나의 방을 찾아 여행을 떠나야겠어요.

나의 방을 향해 작별 인사를 했어요.

"그동안 고마웠어, 나의 방."

방과 작별한 아쉬움을 달래 주듯,

기분 좋은 바람이 불어왔어요.

잠시 쉬어 가려고 나무 그늘 아래 풀밭에 앉았지요.

그때 기다란 나뭇가지를 입에 물고 날아가는

새 한 마리가 보였어요.

'뭐 하고 있는 거지?'

새에게 조심스럽게 다가가 인사했어요.

"안녕하세요. 몹시 분주해 보이는데 뭐 하고 있어요?"

새는 이리저리 움직이며 대답했어요.

"앗, 안녕하세요.

저는 둥지를 만들려고 나뭇가지와 풀을 모으고 있어요.

이 둥지는 새로운 생명을 맞이할 곳이거든요!"

'새로운 생명?'

나는 새 생명을 만나 보고 싶어졌어요.

헉! 헉!

힘들게 나무 위로 올라오니 둥지 안에

귀여운 알들이 가지런히 줄지어 있었어요.

알의 방이었어요.

어미 새가 다시 말했어요.

"이 둥지는 새로운 생명이 무사히 탄생할 수 있도록

지켜 주는 곳이에요. 알들이 행복하게 깨어날 수 있도록

안전하게 보호하면서 따뜻한 온기와 사랑을 전하고 있죠."

포근-

어미 새의 말을 들으니 어릴 때 생각이 났어요.

그때는 모든 것이 궁금하고 신비롭게 보였어요.

하지만 바깥으로 나갈 용기가 나지 않았지요.

때로는 나만 혼자 덩그러니 놓인 기분이었어요.

하지만 어미 새가 둥지 밖에서

아기 새들을 보살피며 지켜 주었듯,

엄마가 나를 포근하게 안아 주었던 기억은 또렷해요.

그 생각을 하니 한결 마음이 따뜻해졌어요.

"어미 새 씨, 아기 새들이 건강하게 태어나길 응원할게요."

어미 새는 나에게 미소 지었어요.

흔들 — 흔들 —

톡 —

그때 갑자기 둥지 안에서 빠지직 하는 소리가 들렸어요.

"어머, 아이들이 나오려나 봐요. 이것 보세요!"

어미 새의 말에 얼른 둥지 안을 들여다봤어요.

"무언가를 깨고 나가려면 엄청난 압박을 견뎌야 해요.

아기 새의 몸집이 커질수록 좁은 알 속에서 느끼는

압박도 점점 커질 거예요. 세상 밖으로 나오려는 몸부림은

더욱 강해지겠죠. 알에 살짝 금이 간 게 보이나요?

그냥 작은 금처럼 보이지만 아기 새들은 안에서 나오려고

갖은 노력을 다하고 있는 거예요. 한 번, 두 번, 어쩌면

천 번의 두드림일지도 모르죠."

'맞아, 나도 어쩌면 이렇게 태어났을지 몰라.'

어미 새와 나는 흔들거리는 알들을 지켜보았어요.

얼마나 지났을까요? 아기 새 한 마리가 알을 깨고

세상 밖으로 나왔어요.

삑삑– 삑– 아기 새가 힘차게 울었어요.

어미 새는 고생했다는 듯 아기 새에게 눈인사를 했어요.

"알에서 나오려고 몸부림치느라 아가들이 많이 지치고

힘들었을 거예요. 이 귀여운 아가들도 언젠가는 둥지를

떠나겠죠. 영문도 모른 채 둥지 밖으로 떨어질 거고,

그때 살기 위해 힘차게 날갯짓을 할 거예요.

아래로 떨어지면서 날아오르는 비상을 경험하겠죠."

알의 방은 성장의 방 같아요.

언젠가 아기 새들도 무럭무럭 자라면

자신의 방을 찾아 세상을 여행할 거예요.

나처럼 말이에요.

모든 게 산더미인 방

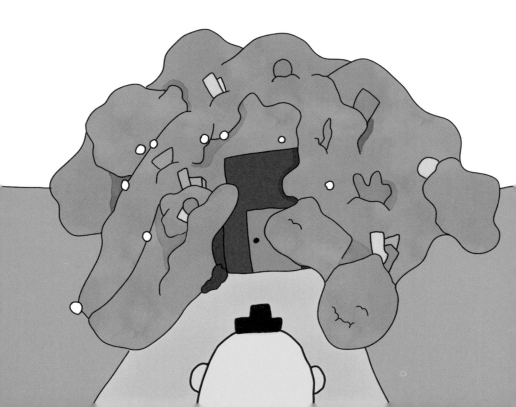

한결 가벼워진 마음으로 길을 걸었어요.

주위에 펼쳐진 낯선 풍경도 제법 눈에 들어오네요.

그때 저 멀리 무언가가 보였어요.

'오, 저곳도 방인가? 가까이 가서 봐야겠다.'

궁금한 마음에 가까이 다가갔어요.

터벅터벅.

I. 그동안 고마웠어, 나의 방

'뭐가 이렇게 많이 있는 거지?'

문 주변에 잡동사니가 어수선하게 널려 있었어요.

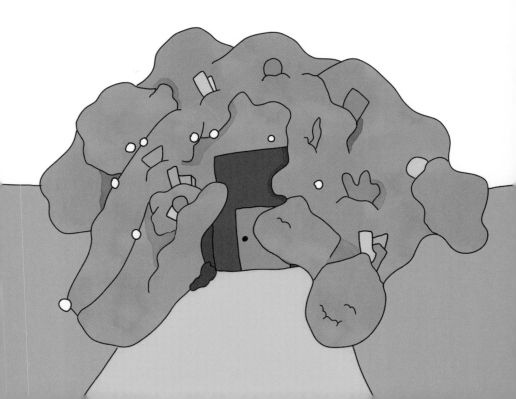

끼이익-

문을 열자마자 나는 깜짝 놀랐어요.

그곳은 정말 어마어마한 양의 짐들로 가득했어요.

짐 위에 짐. 그 짐 위에 또 짐.

짐들이 천장에 닿을 듯 높이높이 쌓여 있었어요.

여기에 사람이 살까요?

나는 방 안을 둘러보며 소리쳤어요.

"저기요! 아무도 안 계세요?"

그때였어요. 바닥에서 부스럭거리는 소리와 함께

작은 목소리가 들려왔어요.

"어휴, 안녕하세요! 버릴 물건들을 정리하느라

정신이 없었어요."

짐들이 많아서 목소리의 주인은 보이지 않았어요.

목소리를 따라 몸을 기울여 봤지만 문 앞까지 쌓여 있는

짐들 때문에 한 발자국도 들어갈 수 없었어요.

그때 다시 목소리가 들렸어요.

"소개가 늦었네요. 제 이름은 미련이라고 해요."

"미련 씨, 제가 짐 정리하는 걸 도와드릴게요!"

앞에 있는 물건을 들어 올리려는 찰나,

미련 씨가 울부짖듯 소리쳤어요.

"그건 절대 버리면 안 돼요! 소중한 추억이 담긴 거예요.

그건……."

그 물건을 다시 내려놓았어요.

그리고 옆에 먼지가 수북이 쌓인 물건을 들었어요.

"미련 씨, 이건요?"

미련 씨가 화들짝 놀라며 소리쳤어요.

"내가 찾던 거예요! 그건 절대 버리면 안 돼요!

정말 소중한 거예요. 그건……."

안 돼요!

미련 씨는 한참 동안 물건에 얽힌 추억을 이야기했어요.

방 안의 모든 물건에는 미련 씨의 소중한 추억이

담겨 있었어요.

"미련 씨, 차라리 그냥 이대로 쌓아 놓고 지내면 어때요?"

미련 씨는 방을 가득 채운 물건들을 보고 한숨을 쉬며

말했어요.

"그럴 수는 없어요. 하지만 정리는 정말 힘들어요.

내 마음이 아직 이것들을 버릴 준비가 되지 않았나 봐요."

미련 씨는 아직 그 물건들을 정리할 마음이 없어 보여요.

미련 씨에게는 시간이 더 필요한가 봐요.

미련 씨가 나에게 물었어요.

"혹시 앞으로 나아가는 법을 아세요?"

"앞으로 나아가는 법요?"

"네. 누구나 마음먹은 대로 일이 안될 수는 있어요.
그런데 어떤 사람은 하루이틀 힘들어하다 툭툭 털고
일어나지만, 그러지 못하는 사람은 후회만 하다 새로운
기회를 놓치게 되죠."

"후회요?"

나는 처음 들어보는 말이라 이해할 수 없었어요.

"네. 누구에게나 잊고 싶지 않은 기억들이 있어요.
그래도 과거에 계속 머무를 수는 없어요. 그 자리에 머물러
있으면 앞으로 나아가지 못하니까요. 그렇다고 과거로
돌아갈 수도 없죠.
그리고 그 자리에 서 있는 오늘도 곧 과거가 될 거예요.
먼 훗날 오늘 이 자리에 서 있는 나를 돌아보면
후회되지 않을까요?"

안 돼요!

앞으로 나아가는 건 힘든 일인가 봐요.

방법을 아는 미련 씨도 여전히 지나간 기억으로만

방을 꽉 채운 걸 보면요.

미련 씨의 방은 꼭 버리지 못하는 과거로 가득한 방

같았어요. 나는 미련 씨처럼 과거의 짐들로 가득한 방에

머무르고 싶지는 않았어요.

"미련 씨, 저는 제 방을 찾으러 떠나야 해요."

나를 계속 붙잡으려는 미련 씨에게 인사를 하고

쏜살같이 빠져나왔어요.

쇠사슬의 방

이어서 새로운 방이 나타났어요.

밖에서 보니 조금 으스스해 보였어요.

방문 틈 사이로 살금살금 들어갔어요.

그런데 방에 들어서자마자 발목에 묵직한 쇠사슬이

착 채워졌어요.

"저기요! 아무도 없어요? 쇠사슬에 걸려서 옴짝달싹

못하겠어요. 도와주세요. 저는 느리고 약해요.

쇠사슬이 너무 무겁고 무서워요."

끙끙―

어디선가 작은 목소리가 들려왔어요.

"무언가가 당신의 발목을 붙잡아서 앞으로 나아갈 수

없다면 일단 그것을 들여다봐요. 어디를 풀면 되는지요."

그제야 나는 발목에 묶여 있는 쇠사슬을 들여다보았어요.

자세히 보니 쇠사슬에 아주 작은 열쇠 구멍이 나 있었어요.

그때 다시 목소리가 들려왔어요.

"그것은 당신의 숙제예요."

"숙제요?"

"열쇠를 찾아 쇠사슬을 푸는 것 말이에요."

쇠사슬을 얼른 풀고 싶어서 방 이곳저곳을

두리번거리다 열쇠 꾸러미를 발견했어요.

"맙소사! 이 많은 열쇠 중에 맞는 열쇠가 있을까?"

첫 번째 열쇠는 쇠사슬 구멍에 아예 들어가지 않았어요.

두 번째, 세 번째, 네 번째 열쇠도 모두 마찬가지였어요.

쇠사슬에 맞는 열쇠가 없으면 어쩌나 걱정이 되었어요.

나는 초조한 마음으로 마지막 열쇠를 쇠사슬 구멍에

넣었어요.

철컥.

바로 그때 발목에 묶여 있던 쇠사슬이 풀렸어요.

이 방은 쇠사슬의 방, 나를 꽉 묶어 놓아요.

얼른 이 방에서 도망가야겠어요!

그때 다시 목소리가 들려왔어요.

"가끔씩 앞으로 나아가지 못하고 제자리에 있는 듯한

기분이 들 때가 있지요? 그럴 때면 갑갑하기 그지없죠.

누군가가 조금만 건드려도 화가 나고요.

그때는 자기 자신에게로 시선을 돌려 보세요.

분명 앞으로 나아가지 못하게 나를 묶고 있는 쇠사슬이

있을 거예요. 그것은 과거의 기억일 수도 있고

미래에 대한 두려움일 수도 있어요.

그럴 때는 자신을 조금 더 너그럽게 안아 주세요.

지금 잘하고 있다고. 그럼 어려운 문제도 한결 쉬워 보일

거예요. 그러고 나면 쇠사슬을 끊고 앞으로 나아갈 수

있어요.

이러지도 저러지도 못하는 상황에서 아무것도 할 수
없다고 낙담할 때도 있을 거예요. 하지만 자세히
들여다보면 해결할 수 있는 구멍과 그에 맞는 열쇠가 있을
거랍니다."

개미의 방

‘나는 늘 작고 연약한 존재라고 생각했는데 사실 알고 보면

나도 강한 사람인 걸까?’

쇠사슬의 방을 나오면서 문득 이런 생각이 들었어요.

그때 누군가가 나를 불렀어요.

“이봐요. 길 좀 비켜 주시겠어요?”

“앗, 죄송합니다.”

황급히 한쪽으로 비켜서며 돌아보았는데 주위에는

아무도 없었어요. 그런데 땅을 자세히 보니 작디작은

개미들이 엄청 바쁘게 움직이고 있었어요.

"우리는 서둘러 집에 가야 해요."

개미들은 자기 할 말만 하고

작은 구멍 사이로 재빨리 사라졌어요.

일렬로 줄지어 가는 개미들이 신기했어요.

나는 고개를 숙여 개미집 구멍을 들여다봤어요.

하지만 아무것도 안 보였지요.

그때 갑자기 몸이 점점 줄어들더니 개미집 구멍으로

내 몸이 쏙 빨려 들어갔어요.

와, 개미집은 내가 상상했던 모습과 전혀 달랐어요.
나에게 방은 늘 하나였는데 개미집은 여기저기 방이
많았어요.

지나가는 개미를 붙잡고 물어봤어요.
"이 방들은 다 무슨 방인가요?"
"여기는 일꾼들이 쉬는 방, 거기는 음식을 저장하는 방,
저기는 여왕의 방이죠. 여기 있는 방들은 모두 이유가
있어서 만들어졌어요."

I. 그동안 고마웠어, 나의 방

개미는 바쁘게 움직이며 말을 이어 갔어요.

"우리는 임무를 수행하느라 열심히 움직이고 있어요.

각자에게 주어진 임무 수행, 이것이 우리가 살아가는

이유이죠."

'살아가는 이유?'

개미는 나를 보더니 물었어요.

"당신은 살아가는 이유가 없나요?"

"그건 생각해 본 적이 없어요."

"아무리 사소한 생물이라도 존재하는 데는 다 이유가

있어요. 당신도 세상에 존재하는 이유가 있을 거예요.

우리처럼 하루하루 열심히 보내다 보면 그 이유도 찾을 수

있어요."

개미는 말을 마치더니 곧바로 다른 방으로 사라졌어요.

'하루하루 열심히?'

갑자기 머릿속이 맑아지는 느낌이 들었어요.

좋아, 다시 앞으로.

미각의 방

개미의 방에서 나오니 어디선가 달콤한 냄새가 났어요.

그 냄새를 따라왔더니 저 멀리 예쁜 집이 보였어요.

사탕과 과자, 초콜릿과 빵으로 지어진 곳이었어요.

나는 홀린 듯이 문을 열고 들어갔어요.

"실례합니다."

문을 열자마자 입이 떡 벌어졌어요.

벽도 바닥도 온통 음식으로 가득했어요.

달콤하고 고소한 냄새가 계속 유혹했지요.

그중 아주 특별해 보이는 빵이 눈에 띄었어요.

그 빵을 냉큼 집었지요.

'맛을 볼까 말까? 아무도 없는데 괜찮을까?

정말 맛있어 보여서 참기가 힘들어.'

곰곰이 고민하다 빵을 한입에 넣었어요.

"웩! 뭐야, 엄청 짜잖아? 맛있게 생겼는데 이런 맛이 나다니."

겉모습만 보아서는 알 수 없는 것들이 있나 봐요.

방금 맛본 음식처럼요.

'하지만…… 다른 음식은 맛있지 않을까?'

예쁘고 먹음직스러운 음식들을 그냥 두고 가기가 아까워

고민이 되었어요. 방의 주인이 누구인지도 모른 채 나는

주변을 두리번거리며 주머니에 음식을 가득 넣었어요.

'자, 이제 가 볼까?'

문이랑 이어지는 다리는 분홍빛 개울가 너머로 길게

이어져 있었어요.

다리 끝에서 누군가가 천천히 걸어왔어요.

'방금 그 방의 주인인가 봐. 어떡하지?'

나는 주머니에 욱여넣은 음식들을 들킬까 봐 작은 손으로

주머니를 가렸어요.

"안녕하세요……?"

"손님이 오신지 몰랐어요. 잠시 어디를 좀 다녀오느라."

방의 주인은 바구니를 들고 있었어요.

'저 안에는 달콤한 음식이 있을까?'

주인은 내 마음을 알아차렸다는 듯이 웃으며 말했어요.

"유혹의 버섯이에요. 향기만 맡아도 기분이 좋아져요.

혹시 원한다면 한번 맡아 보겠어요?

후회하지 않을 거예요."

'유혹의 버섯?'

나는 너무 궁금했지만 몰래 음식을 가지고 나온 게

마음에 걸려 망설였어요. 주머니와 바구니를 번갈아 보며

대답을 못했지요. 그런 나에게 방의 주인은 더 환하게

웃으며 말했어요.

"주머니 속 음식들 때문이라면 괜찮아요. 제 방에 오신

분들은 늘 그렇게 챙겨 가니까요. 하지만 그 주머니는 꽤

무거워 보이는 걸요. 좋아 보이는 모든 것에

욕심 낼 필요 없어요.

모두 좋아 보여도 시간이 지나고 보면 안 좋은 것도

있거든요. 무엇이 좋은 것인지는 겉으로 알 수 없어요.

달콤한 칭찬은 자신감을 안겨 주지만 진심이 담겨 있지

않을 때가 많죠. 누군가의 쓰디쓴 충고가 나중에는 나를

더 단단하게 만들어 주는 약이 되기도 하고요.

이 버섯은 향기만 맡아도 배가 부르다는 생각이 들 거예요.

자, 어서 맡아 봐요."

방의 주인은 바구니에서 알록달록한 버섯을 꺼냈어요.

그 순간 향기가 무섭게 내 코를 자극했어요.

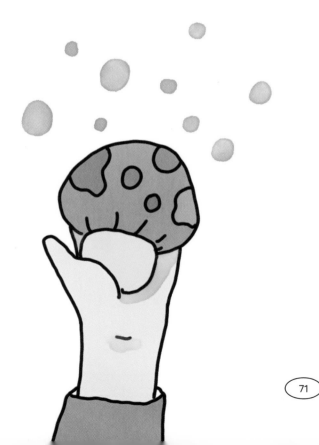

'어……어……어?'

몸에 힘이 빠지면서 점점 나른해졌어요.

갑자기 몽롱한 기분이 밀려왔어요.

"하늘 높이 둥둥 날아갈 것 같아요."

나는 행복한 기분에 정신이 혼미해졌어요.

그 순간 방의 주인은 버섯을 다시 바구니에 넣었어요.

"참 좋죠?"

버섯을 바구니에 넣은 순간 해롱해롱하던 정신이

말짱해졌어요. 그 향기는 방 안에 있던 무엇보다도

황홀했어요.

"혹시 저에게 그 버섯을 줄 수 있나요?"

말이 끝나기 무섭게 방의 주인은 말했어요.

"당신이 원한다면 지금 바구니 안에 있는 버섯을

드릴게요. 단, 하나 주의할 게 있어요.

이 버섯의 향기를 맡으면 기분이 좋아지면서

모든 음식이 달콤하게 느껴져요.

참, 편하지 않나요? 세상에는 쓰고 맛없는 음식도

많다고요. 하지만 이 버섯만 있으면 오직 달콤한 맛에

취해 지낼 수 있어요."

'이 버섯만 있으면 다른 맛을 느끼지 않아도 된다고?'
그런데 나는 왠지 망설여졌어요.

고민을 하고 있는데, 방의 주인이 유혹하듯
다시 버섯을 꺼내려고 했어요.
그때 모자에서 익숙한 내 방의 냄새가 났어요.
달콤하지는 않지만 나를 포근히 감싸던 그 냄새요.
여기 조금 더 있다간 버섯 향기에 몸의 힘이 풀려
내 방을 찾으러 갈 수 없을 것 같았어요.
나는 방의 주인을 뒤로한 채 후다닥 도망쳤어요.
"죄송해요. 전 달콤한 맛만 맛보고 싶지는 않아요."

생각의 방

얼마나 더 걸었을까요?

저 멀리 사람 얼굴 모양의 방이 보였어요.

나는 문을 똑똑 두드리고 안으로 들어갔어요.

"안녕하세요?"

생각에 잠겨 보이는 한 사람이 책상 앞에 앉아 있었어요.

그는 몹시 피곤한 얼굴로 나를 돌아보더니 깊은 한숨을

쉬었어요.

"있잖아요, 이렇게 생각하면 이게 문제고 저렇게 생각하면

저게 문제고……."

그는 끊임없이 자신의 생각을 이야기했어요.

이곳은 생각이 꼬리를 무는 방. 방의 주인은 걱정 씨였어요.

그의 머릿속에서는 걱정이 꼬리에 꼬리를 물고 있었어요.

걱정의 꼬리가 얼마나 긴지 방 전체를 뒤덮고 방 밖까지

이어졌어요.

동그라미, 세모, 네모, 별…… 걱정의 모양도 참 다양하네요.

이토록 다양한 걱정이 꼬리에 꼬리를 물어

걱정 씨는 잠을 못 잔 모양이에요.

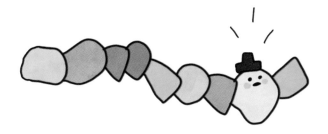

"세상에는 걱정할 게 너무 많아요. 그런데 걱정을 많이

한다고 옳은 선택을 할 수 있을까요?

걱정이 지나쳐서 오히려 잘못된 결정을 내리면 어쩌죠?

걱정과 걱정 사이에 내가 끼어 있는 듯해요.

꼬리를 무는 걱정의 전원을 탁 끌 수 있는 스위치는

없을까요? 하루, 이틀 그리고 며칠이 지나서

스위치를 탁 켜면 '그동안 왜 걱정했지?' 하며 원래 없었던

걱정이 될지도 모르잖아요."

걱정 씨는 내가 방을 찾으러 다닌다고 말하자 내 걱정까지
하기 시작했어요. 걱정이라는 말만 들어도 걱정이
몰려오는 느낌이었어요. 걱정과 걱정의 꼬리를 지나쳐
빠르게 방을 빠져나왔어요.
걱정 씨를 보니 걱정을 너무 많이 하는 것보다
걱정이 몰려올 때는 걱정을 잠시 내려놓아도 좋겠어요.

Ⅱ. 바다로 나아가는
먼산이

와~ 방을 나오니 드넓은 해변이 펼쳐졌어요.

콧노래를 흥얼거리며 탁 트인 해변을 따라 걸었어요.

따듯한 모래가 내 발등을 덮었어요.

파도는 쉼 없이 해변을 들락거렸지요.

오랫동안 상상한 바다에 와 보니 마음이 탁 트이는

듯했어요.

'저 바다에는 뭐가 있을까?'

상상을 하며 걷다가 해변가에 버려져 있는 낡은 배

한 척을 발견했어요.

'이 배를 고치면 바다로 나갈 수 있지 않을까?

어쩌면 이 배가 바다를 여행하는 동안 내 방이 되어

줄지도 몰라.'

이런 생각이 들자 갑자기 마음이 급해졌어요.

빨리 배를 고쳐 바다에 나가고 싶어서

배 여기저기를 뚝딱거리며 망치질했어요.

어느새 근사한 배가 완성됐어요.

바다를 향해 배를 힘껏 밀었어요.

와! 배가 떴어요.

이제 바다로 출발!

바다 위의 방

잔잔한 바다 위의 배는 참 평온해요.

배에 앉아 끝없이 펼쳐진 바다를 보았어요.

따스한 햇살과 푸른 하늘, 그리고 파란 바다 위의 배.

어느새 내 마음도 평화로워졌어요.

그렇게 얼마나 갔을까요?

갑자기 하늘이 어두워지더니 세찬 바람이 불었어요.

배도 조금씩 흔들리기 시작했어요.

처음에는 배가 조금만 흔들려도 온몸이 부들부들
떨렸지만, 어느새 배의 흔들림에 익숙해졌어요.
그때였어요. 갑자기 당장이라도 배를 집어삼킬 듯한
큰 파도가 몰아쳤어요. 배에 물이 들어와 계속 퍼내야
했지요.
'아이고, 하나님. 먼산이 살려요!'

요동치는 배 위에서 이리 부딪히고 저리 부딪히기를
얼마나 했는지 몰라요. 몇 번의 고비를 넘기고 나니
바다는 언제 그랬냐는 듯 고요해졌어요.
아, 정말 사람 혼을 쏙 빼놓고 이렇게 아무 일도 없었다는
듯 잔잔한 바다가 얄밉고 약이 오르네요.

Ⅱ. 바다로 나아가는 먼산이

한바탕 폭풍우를 겪고 나니 바다, 하늘, 저 멀리 아스라한

산까지 모두 새롭게 보여요.

폭풍우 속에서도, 메마른 땅 위에서도, 두려움 속에서도

꽃을 피울 수 있겠다는 자신감이 샘솟았어요.

그러고 보니 꽃은 차가운 땅속에서 힘차게 솟아올라 피네요.

어디서 나타난 건지 배 주변에 상어 떼가 어슬렁거렸어요.

그래도 나는 무섭지 않아요. 나를 지켜 주는 방이 있으니까요.

바다 위의 방에서 상어 떼와 함께 하늘을 바라봐요.

광활한 바다에 둥둥 떠 있는 방.

비록 파도에 떠밀려 흔들리고 이리저리 떠다니지만

포근하게 쉴 수 있는 훌륭한 정착지.

좀 더 안정적이라면 나의 방이 될 수 있지 않을까

잠시 생각했어요. 이곳에 피운 내 마음의 꽃이 바닷속

깊이깊이 뿌리를 내린다면 바닷속을 숲으로 만들고

나의 방도 찾을 수 있지 않을까요? 제발 그렇게 되기를

기도했어요.

바닷속의 방

배 위에서 한없이 맑고 투명한 바다를 보고 있으니

바닷속은 얼마나 아름다울지 궁금해졌어요.

어쩌면 해적들이 숨겨 놓은 보물이 있을지도 몰라요.

상상의 나래를 펼치고 있는데 바다로 내려가는

나무뿌리 통로가 만들어졌어요.

나의 기도가 통한 걸까요?

바닷속으로 들어가니 총천연색 세상이

펼쳐졌어요. 알록달록 귀여운 물고기들, 푸릇푸릇한 해초들,

손에 잡히지도 않는 작은 생명체들이 둥둥 떠다녀요.

바위 사이사이 빛이 닿지 않는 공간에까지

생명체들이 가득해요.

수많은 생명체가 함께 어우러져 바다에서 살고 있었어요.

멋진 바다의 모습에 반하고 말았어요.

내가 용기 내어 바닷속으로 들어오지 않았다면

이토록 근사한 세상은 보지 못했을 거예요.

그때 지나가던 문어가 인사를 했어요.

"바다에 온 걸 환영해요."

"고마워요. 바닷속은 정말 황홀하네요. 나에게도 바닷속처럼
내가 모르는 멋진 모습이 있을까요?"

그러자 문어가 미소를 지으며 말했어요.

"나의 멋진 모습을 발견하려면 나의 바닷속에 들어가
봐야겠지요? 용기를 내어 내 마음의 문을 두드리고
그 안으로 풍덩 뛰어들어야 해요.
다른 사람을 알아 가는 것도 마찬가지예요. 그 사람의
바닷속으로 풍덩 뛰어들어 자세히 들여다보지
않으면 상대방의 멋진 모습을 볼 수 없어요."

문어의 말을 알 듯 말 듯했지만, 친구를 알고 싶으면
친구에게 적극적으로 다가가서 관심을 표현하면 되지
않을까요? 친구가 나를 좋아할지 어떨지 걱정부터
하지 말고요.

진주의 방

문어와 대화를 마치고 바닷속을 더 구경했어요.

바위틈에 조개 하나가 덩그러니 있었어요.

밀물과 썰물이 지나가고 햇살과 가끔 인사를 나누어도

조개는 쉽게 입을 열지 않았어요. 입을 꾹 다문 조개가

안에 무엇을 품고 있는지 궁금했어요.

똑똑.

조개를 두드리자 드디어 조개의 입이 열렸어요.

반짝반짝.

조개 안에 있던 커다란 진주가 바닷속을 환하게 비췄어요.

"안녕하세요. 당신은 정말 아름답네요.

이렇게 어두운 바다도 환하게 밝힐 만큼 말이에요."

진주는 기뻐하며 말했어요.

"너무 고마워요. 오랫동안 어두운 곳에 있어서

제가 빛나는지도 몰랐답니다!"

진주는 다시 말했어요.

"우리는 어두운 방에서 아름답게 빛날 순간을 기다려요.

그게 우리의 운명이에요."

진주는 알 듯 모를 듯한 말을 이어 갔어요.

"어둠 속에 있으면 환한 빛이 더욱 소중하고 아름다워요.

지금 주변을 돌아보세요. 아무것도 보이지 않는 어둠이

나를 두렵게 한다면, 언젠가는 빛이 비칠 거라고 굳게

믿어 보는 거예요. 조개가 진주를 가리고 있듯 빛이 어둠에

가려져 있을지라도요."

바닷속 여행을 마치고 다시 방을 찾아 떠났어요.

이 방은 문을 열자마자 바로 계단이 나왔어요.

계단은 끝도 없이 위로 놓여 있었어요.

'계단 끝에 내가 찾던 방이 있을까?

그래, 내가 찾던 멋진 방이 나올 수도 있어.'

계단을 한 칸씩 한 칸씩 힘차게 올라가기 시작했어요.

이 속도라면 꼭대기까지 단숨에 올라갈 수 있을 거예요.

얼마나 지났을까요?

계단을 오르는 걸음이 조금씩 느려지고 숨이 차올랐어요.

'하, 더 이상은 못 올라가겠어. 과연 저 위에 방이 있기는

한 걸까?'

저렇게 높은 곳에는 방이 없을 것 같아요.

'다시 내려갈까?'

뒤돌아서 지금까지 올라온 계단을 내려다봤어요.

아래로 수많은 계단이 보였어요.

다시 내려가기에는 이미 너무 많이 올라왔어요.

'일단 여기서 잠시 쉬자! 누가 올라올지도 모르고.'

한참 동안 계단에 멍하니 앉아 있었어요.

그때 밑에서 누군가가 영차영차 올라오는 소리가 들렸어요.

"저기요, 저기요! 안녕하세요."

그 사람은 내 인사를 가볍게 무시하고 쌩 올라갔어요.

"저기요~"

나는 한 번 더 불렀어요.

"헉, 헉, 헉. 죄송하지만, 제가 좀 바빠요.

그렇게 쉬고 있으면 꼭대기의 문이 닫힐지도 몰라요!"

그 말과 함께 그 사람은 계단을 쏜살같이 올라갔어요.

빨리 올라가는 사람을 보니 갑자기 마음이 다급해졌어요.

나도 다시 일어나 계단을 오르기 시작했어요.

그런데 이번에도 다리가 무거워지더니 오르는 속도도

점차 느려졌어요.

한 명, 두 명, 세 명…….

그 사이에 또 여러 명이 나를 앞질러 계단을 올라갔어요.

나는 점점 뒤처지고 있다는 생각이 들었어요.

나는 한 계단 한 계단을 오르기도 이토록 힘든데 다른

사람들은 로켓처럼 빠른 속도로 나를 가뿐히 앞질러

올라갔어요.

'나는 왜 이렇게 빨리 지치지?

이러다 완전히 뒤떨어지는 건 아닐까?'

내가 뒤처지고 있다는 생각이 들자 마음이 더 조급해져

뛰는 걸음으로 다시 계단을 오르기 시작했어요.

숨이 턱까지 차올라도 멈추지 않았어요.

그렇게 한참을 뛰어올랐더니 어지러워서 그만 계단에

쓰러지고 말았어요.

"저기요. 괜찮으세요?"

낯선 목소리에 눈을 떴어요. 그 사람도 계단을 오르느라

힘들었는지 이마에 땀이 맺혀 있었어요.

"계단을 쉬지 않고 올랐더니 무리가 되었나 봐요."

그러자 그가 이마의 땀을 닦으며 말했어요.

"사람은 각자 자기 속도가 있어요. 무슨 일을 하든 그렇죠.

계단을 빨리 오를 수 있는 사람이 있는가 하면,

빨리 오르지 못하는 사람도 있어요.

무리해서 계단을 빨리 오르려고 서두르면 쉽게 지쳐서

더 힘들어요. 자기 속도에 맞게 한 계단 한 계단 올라야

끝까지 갈 수 있답니다.

물론 나를 앞지르는 사람들이 나타나면 초조해지기

마련이에요. 그럴수록 더욱 자기 속도를 유지해야 돼요.

다른 사람의 속도를 부러워하면서 욕심을 부리면

결국은 나의 의지와 관계없이 더 이상 오르지 못하게 돼요.

자기 속도를 유지하기는 생각보다 쉽지 않아서 많은

사람이 자기 속도를 되찾고 유지하려는 노력을 해요.

여행도, 마음 수양도, 운동도 그 방법 중 하나가 될 수

있어요!"

'나의 속도'라는 말이 계속 머릿속에 맴돌았어요.

애벌레의 방

시간이 얼마나 지났을까요?

정신을 차리고 보니 계단이 아닌 들판에 누워 있었어요.

"여긴 어디지?"

눈을 뜨고 잠시 누워 있으니 나비들이 마치 나를 지켜

주기라도 하는 듯 내 주변을 하늘하늘 날아다녔어요.

나비들에게 꼭대기의 방에 대해 물어보았어요.

그러자 나비들이 다시 나에게 물었어요.

"당신에겐 목표가 있나요?

목표는 자신만의 속도를 만들어 줘요.

나에게 분명한 목표가 있다면 주위 사람들이 무엇을

어떻게 하든 신경 쓰이지 않아요. 그 사람들보다 내 목표가

더 크게 보이거든요. 만일 당신의 목표가 없다면

우선 그것부터 만들어 보세요."

나비의 말을 들으니 너무 막막했어요.

지금 바로 목표를 정하기는 어려워 잠시 주변을

돌아보기로 했어요.

애벌레가 나뭇잎 위에서 쉬고 있었어요.

"이곳은 제 방이에요. 여기에서 먹고 자며 성충이 되지요."

'성충?'

"아직은 아주 좁은 나뭇잎에서 살아가지만

저는 정말 아름다운 모습으로 변신할 거라 믿어요."

애벌레는 자신의 몸을 감싸며 점점 딱딱한 모습으로

변했어요.

"저는 이제부터 긴 잠을 자야 해요. 방 안에서 멋지게
변신해서 세상 밖으로 나갈 준비를 할 거예요. 나중에
만나요."
애벌레는 이내 고치를 다 틀더니 조용해졌어요.

애벌레는 나뭇잎 줄기에 매달려 잠이 든 모양이에요.
좁고 답답한 곳에서 외롭지 않을까요? 바닷속에서 보았던
진주와 나무 위에서 보았던 알들이 생각나요.
성장을 위해 겪어야 하는 일들, 그러고 나면 새로운
모습으로 반짝거릴 존재들. 그러고 보니 좁고 작은 방에
갇혀 세상 밖으로 나갈 준비를 하는 생명들이 많네요.

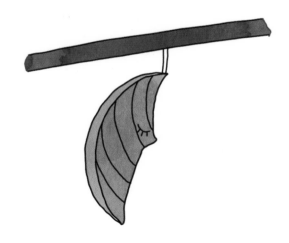

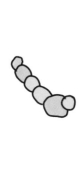

주변을 날고 있는 나비들이 나에게 다가와 말했어요.

"애벌레는 나뭇잎의 방을 나와 번데기의 방으로 이사를

하고, 시간이 흐르면 그 방에서 또 나와요."

"그럼 애벌레는 어디로 가나요?"

나비는 하늘하늘 춤을 추며 나를 향해 웃었어요.

"아름다운 세상 비행을 하지요. 마치 나뭇잎의 방과

번데기의 방에서 오랫동안 머물렀던 그 시간을

보상이라도 받듯이요."

나도 오랫동안 방 안에서 세상 밖으로 나올

준비를 했기에 이렇게 멋진 '나의 방 찾기' 여행을 하고

있는지도 몰라요.

거울의 방

이번에는 거울이 가득한 방으로 왔어요.

사방팔방 거울 천지였어요. 거울 속에 누군가 비쳐

가까이 다가가 보았어요.

'어? 바로 나예요.'

나는 거울 속에 비친 내 모습을 보고 당황했어요.

내가 생각했던 모습과 너무 달라서 낯설었어요.

'내 모습인데 왜 이렇게 낯설지?'

그러고 보니 그동안은 내가 아닌 다른 사람들의 모습만

자세히 보았어요. 내가 만난 사람들, 내 곁을 스쳐

지나가는 사람들.

거울의 방은 나 자신을 자세히 볼 수 있는 아주 소중한

시간을 만들어 줄지 몰라요. 하지만 막상 나를 똑바로

보려니 두렵고 무서웠어요.

그때 처음 알았어요.

'내 모습을 똑바로 보려면 엄청난 용기가 필요하구나!'

겨우 용기를 내 거울에 비친 나를 보았어요. 거울 속에

비친 내 모습은 너무 초라했어요.

화려하고 예쁜 거울들로 가득한 곳에서 내 모습은 더욱

작고 초라해 보였어요. 나는 나비도 진주도 새도

아니었어요.

두 눈을 감고 작은 목소리로 주문을 외웠어요.

'나는 매력적인 사람이야!'

갑자기 거울이 말했어요.

"스스로 아무리 빛나는 사람이라고 되뇌어도 진짜 그런

마음을 갖고 있는 사람이 얼마나 될까?"

내가 대답을 못 하자 거울이 계속 말했어요.

"우리가 멋진 옷을 입고 예쁘게 치장하는 건 다른

사람들에게 예쁘고 멋지게 보이고 싶은 욕망 때문이기도

하지만, 자신감을 회복하는 과정일 수 있어.

진심으로 '나는 멋진 사람, 나는 빛나는 사람'이라고

믿는 사람들은 그렇게 많지 않으니까.

그렇지만 우리는 진심으로 자신이 멋진 사람이라고

믿어야 해. 그래서 어떻게든 그 방법을 찾으려고 하지.

그런데 거울을 자세히 들여다볼수록 나의 미운 모습부터

먼저 눈에 들어오지?

이럴 때는 좋은 점과 나쁜 점을 분리해 봐.

그리고 나쁜 점은 잠시 잊기!"

거울이 갑자기 조용해졌어요.

고개를 들어 다시 거울을 바라보았어요.

눈, 코, 입 하나하나 자세히 들여다봐요.

하나하나 뜯어보니 동글동글 나름 귀엽기도 하네요.

"누구나 잘 찾아보면 예쁜 구석이 있기 마련이야."

'아이고, 깜짝이야.'

거울이 갑자기 다시 나타나 말을 하고 사라졌어요.

'쿡- 다시 보니 좀 귀엽기도 하네.'

가면의 방

또 새로운 문을 발견했어요.

문 앞에는 가면을 쓴 동물들로 북적였어요.

코끼리, 고양이, 강아지…… 가면 모양도 다양해요.

"자, 이제 가면의 방으로 들어갈 시간이에요! 서두르세요."

'가면의 방? 오, 재밌겠다.'

"안녕하세요. 저는 아직 가면이 없는데 들어가도 될까요?"

내가 말을 하자 모두 나를 쳐다보았어요.

그때 코끼리 가면을 쓴 동물이 나에게 다가와 말을

건넸어요.

"당신 모자가 참 멋지네요. 일단 들어가요. 들어가면

그 모자 대신 다른 가면을 찾게 될지도 모르잖아요."

친절한 코끼리 씨의 목소리에 내 마음까지 따뜻해졌어요.

잠시 후 문이 열리자 모두 가면을 쓴 채 입장했어요.

"가면의 방에 오신 여러분을 환영합니다!

하나, 둘, 셋 하면 모두 가면을 벗어 주세요.

우리 모두 가면을 벗어던지고 재미있게 즐겨요!

오늘 하루도 고생했어요."

"하나, 둘, 셋!"

모두 멈칫멈칫하며 가면을 하나둘 벗었어요.

코끼리 씨도 잠깐 주춤하더니 곧 가면을 벗었어요.

"하, 가면을 쓰고 있느라 답답했는데 벗으니 홀가분하네요."

코끼리 씨에게로 고개를 돌렸다 깜짝 놀랐어요.

"어머, 코끼리 씨 당신은……?"

가면을 벗은 코끼리 씨는 코끼리가 아닌 호랑이였어요.

코끼리 씨는 머쓱한 듯 머리를 긁었어요.

"가면을 쓰고 있던 우리가 모두 거짓말쟁이 같나요?

하하, 가끔은 새로운 나의 모습을 보여 주고 싶잖아요.

우리 모두에겐 자기만 아는 가면이 하나쯤은 있지

않을까요?"

가면의 방 한 귀퉁이에 다양한 가면이 나를 기다리고
있었어요. 모두 이 방을 나갈 때는 다시 가면을 쓴대요.
'나는 어떤 가면을 쓰고 이 방을 나갈까?'
머릿속으로 가면을 쓴 내 모습을 상상해 봤어요.
우스꽝스러워 보일 수 있지만
다른 내가 되어 보는 것도 재미있을 것 같아요.

'나는 사람들에게 어떤 모습을 숨기고,
어떤 모습을 보여 주고 싶은 걸까?'
그래요. 어떤 가면을 선택할지는
오로지 나의 선택이겠지요. 하지만 가면을 쓰든 쓰지 않든
내가 먼산이라는 사실은 변함없을 거예요.

나는 다시 뚜벅뚜벅 길을 떠났어요.

트로피의 방

저 멀리 황금빛으로 둘러싸인 방이 보였어요.

반짝반짝한 그곳으로 저절로 발이 움직였어요.

가까이 가서 보니 그 황금빛의 정체는 트로피였어요.

방은 다양한 크기와 모양의 황금빛 트로피들로 장식되어

있었어요. 트로피의 황금빛이 얼마나 강렬한지 정신이

혼미해질 정도였지요.

끼이익-

살며시 방 안에 들어가 주변을 둘러봤어요.

거대한 트로피들이 가득 차 있었어요.

그 가운데에 왕관을 쓰고 거대한 의자에 앉아 있는

사람이 보였어요.

"아, 안녕하세요."

왕관을 쓴 사람에게 인사를 했어요. 큰 의자에 앉아 있는

그는 온화한 미소를 지으며 나를 맞이해 주었어요.

"반가워요. 여기까지 오느라 고생했어요."

그는 마치 나를 기다리고 있었다는 듯이 말했어요.

나는 방을 꽉 채운 트로피를 보며 물어보았어요.

"이 트로피들은 모두 뭐예요?"

그는 웃으며 대답했어요.

"어때요? 이렇게 많은 트로피를 가진 제가 대단해 보이죠?

제가 최고라고 말해 주세요!"

나는 영문도 모른 채 박수를 쳤어요.

그는 나를 유심히 보며 물었어요.

"당신은 트로피가 몇 개예요? 저에겐 보이지 않는걸요?"

그는 자리에서 일어나 내 주변을 훑어보았어요. 트로피가

있을 리 없지요.

"저는 제가 머물 방을 찾는 중이에요.

여기까지 오는 길에 트로피는 찾지 못했어요."

왕관을 쓴 사람은 명예 씨였어요.

명예 씨는 오로지 자신의 명예를 쌓는 것이 삶의

원동력이자 목표라고 말했어요.

그는 방에 빼곡히 쌓여 있는 트로피를 자랑하고

마구 뽐냈어요. 하지만 명예 씨 주변에는 트로피들만 있을

뿐이었어요. 명예 씨는 한 번도 왕관을 벗은 적이 없다고

했어요.

명예 씨에게 물어보았어요.

"이 방에서 벗어나고 싶을 때는 없나요?"

"가끔 밖으로 나가고 싶지만 이제는 이 방이 좋아요.

나는 이제 사람들의 칭찬과 찬사도 필요하지 않아요.

노력하지 않아도 되죠. 이 왕관과 트로피가 나를 증명해

주잖아요?"

명예 씨의 방은 일일이 세기도 어려울 만큼 무수한
트로피로 뒤덮여 있었어요.
그런데 어쩐지 내 눈에는 그런 명예 씨가 조금 외로워
보였어요. 시간이 지날수록 명예 씨의 왕관이 더욱더
무거워지지 않을지 걱정도 되었지요.

명예 씨는 머리 위 왕관을 매만지며 말했어요.
"전 이제 무언가를 하고 싶다는 마음을 잃었어요.
가끔은 트로피가 한 개도 없었을 때가 그립기도 해요.
그때는 부족해도 잘하기 위해 노력했고 사람들에게
인정받기 위해 나 자신을 잘 돌봤죠.
지금은 이 트로피를 잃을까 봐 더 조바심이 나요.
하지만 한두 개쯤 가지고 있으면 왠지 마음의 보석 상자를
간직한 것처럼 기분이 좋아질 거예요. 당신도 하나쯤은 꼭
당신만의 빛나는 트로피를 갖길 바라요."

또 다른 창문

옷이 조금 불편해졌어요.

나의 방을 찾으려고 여행을 떠날 때보다

몸이 조금 더 자랐나 봐요.

짧은 시간 동안 참 많은 일을 겪고 많은 사람을 만났어요.

이런저런 생각에 잠겨서 걷다가 구불구불한 길 끝에서

무지 커다란 창문을 만났어요.

하늘까지 이어져 그 끝이 보이지 않았지요.

예전 내 방 창문과는 비교도 안 될 정도로 컸어요.

'여기는 또 다른 방일까?'

주위를 둘러보아도 다른 길은 보이지 않았어요.

이곳이 끝이라는 생각에 갑자기 아쉬움이 몰려왔어요.

그 순간, 그동안 내가 지나온 방들이 떠올랐어요.

알의 방에서 트로피의 방까지 나는 많은 방들을 지나
지금 여기에 있어요. 처음에는 방문을 여는 것도
힘들었지만 한 번, 두 번 하다 보니 쉬워졌어요.
나의 방은 아직 찾지 못했지만, 방들의 이야기에
귀 기울이다 보니 세상의 이야기들도 하나씩 듣게
되었어요. 그 이야기들은 나를 더 앞으로, 더 새로운
세상으로 이끌어 주었어요.
처음 나의 방 찾기를 시작할 때는 두려웠지만,
여행을 계속하다 보니 기대가 더욱 커졌어요.

이 창문 너머에는 또 어떤 세상이 나를 기다리고 있을까요?
고요하던 내 마음에 울림을 일으킬 바람은 무엇일까요?
그 설렘과 기대로 나의 방 찾기를 계속할 거예요.
비록 실패하고 좌절할 때도 있겠지만.
두근두근, 또다시 창문을 열어 봅니다.

살짝, 그리고 활짝,

작가의 말

언젠가 먼산이를 만났습니다. 몸이 아파 병원에 갔는데 한 다운증후군을 가진 남자아이가 엄마와 함께 진료를 받으러 왔습니다. 멋진 모자와 양복 차림에 눈길이 갔습니다. 남자아이는 자기 차례를 기다리면서 건너편에 있는 창문을 계속 보고 있었습니다. 그 모습이 마치 먼산을 보는 듯했습니다. 너무도 평온하고 기쁜 표정으로, 어딘가에 있는 행복한 세상을 바라보고 있기라도 한 것처럼요.

작은 눈과 코, 그에 비해 길고 큰 얼굴을 가진 먼산이는 그렇게 탄생했습니다. 먼산이는 늘 단정한 양복을 입고 중절모를 씁니다. 여느 아이들과 조금 달라 혹여 사랑받지 못할까 봐 걱정한 엄마의 배려이겠지요. 나의 사랑하는 아이가 조금이라도 빛나 보이길 바라는 간절한 엄마의 마음.

그 마음을 담아 느리고 약한 먼산이, 위축되고 감추고 싶은 나 자신과도 같은 먼산이의 '나의 방 찾기' 여행을 시작했습니다. 자신에게 "다행이다, 참 다행이다"라는 주문을 걸고 싶은 세상 모든 먼산이들을 위한 나의 방 찾기를!

'나의 방'은 내 마음속에서 나를 가두고 있는 방이자 나의 성장을 위한 방이기도 합니다. 먼산이와 함께 '나의 방 찾기' 여행을 떠나기 전에는 내 마음의 방에 갇혀 지낸 듯합니다. 그 방의 문을 꼭 걸어 잠그고 방 밖으로 나오기를 주저주저했습니다. 그곳을 벗어나는 게 불편하고 두려웠습니다.

그런데 지금은 쓸데없는 생각들로 나를 비좁게 만들지 않고 무한한 우주만큼이나 아름다운 별들로 가득 채울 수 있다면, 그곳이 어디든 나의 방이 될 수 있다고 생각합니다. 내가 사랑하고 나를 사랑하는 사람들과 함께 가면을 모두 벗어던지고 파티를 할 수 있는 곳이라면 어디든 편안한 나의 방이 되어 줄 거예요.

또한 여행자들처럼 세상 여기저기를 떠돌아다닐지라도 내 마음을 풍성하게 채울 수 있는 곳도 나의 방이 될 수 있습니다. 내 마음의 방을 열면 세상 어떤 곳에서도 편안한 나의 방을 찾을 수 있습니다.

나의 방은 편안하고 익숙한 공간, 사람, 모든 것이 될 수 있습니다. 하지만 나의 방은 두 얼굴을 가지고 있기도 합니다. 나에게 익숙하고 편안하지만, 그곳에 갇혀 있으면 성장을 할 수 없지요. 나의 성장과 세상을 향한 도전을 차단할 수 있습니다. 우리 몸이 자라면 더 큰 옷으로 갈아입어야 하듯, 나를 더욱 성장시키는 '나의 새로운 방 찾기'를 계속해야 하는 이유입니다.

지금 나를 가두고 있는 방이 있다면 창문 너머 방 밖의 세

작가의 말

상으로 먼산이와 함께 기꺼이 나서 보세요. 처음에는 내키지 않더라도 한 걸음 두 걸음 나서다 보면 새로운 세상이 보일 거예요. 내 마음의 방을 벗어나면 세상 어디든, 세상 누구든 나를 따뜻하게 감싸 안는 포근한 나의 방이 되어 줄 테니까요.

지금 나를 가두고 있는 방은 어떤 모습인가요?
내가 새로 찾고 싶은 '나의 방'은 어떤 곳일까요?

2023년 8월

오조

이 책을 후원해 주신 분들

강민정·고민서·고중곤·구미경·권기현·김범주·김슬옹·김아리·김아연·김충호·
김하연·노정임·문경안·박갑식·박명희·방은영·서성민·손미지·어순희·오시창·
오진실·유소영·유효종·이건오·이주운·이주현·임정근·정선우·정윤석·정지연·
조민혁·지윤지·진정·책읽는여우·최금옥·한미경

세상 모든 먼산이들을 위한

나의 방 찾기

초판 인쇄 2023년 8월 20일
초판 발행 2023년 8월 30일

글·그림 오조
펴낸이 정은영
편집 정지연, 박지혜
디자인 마인드윙

펴낸곳 마리북스
출판등록 제2019-000292호
주소 (04037) 서울시 마포구 양화로 59 화승리버스텔 503호
전화 02)336-0729, 0730 **팩스** 070)7610-2870
홈페이지 www.maribooks.com
Email mari@maribooks.com
인쇄 (주)신우인쇄

ISBN 979-11-89943-82-0 (43810)